小学基础阅读配套丛书
"快乐读书吧"推荐书目

非洲民间故事

曼丁之狮

新阅读研发中心 ◎改编

山东教育出版社·济南

图书在版编目(CIP)数据

非洲民间故事. 曼丁之狮 / 新阅读研发中心改编. — 济南：山东教育出版社，2022.5

（小学基础阅读配套丛书：快乐读书吧）

ISBN 978-7-5701-2129-8

Ⅰ. ①非⋯　Ⅱ. ①新⋯　Ⅲ. ①民间故事 — 作品集— 非洲　Ⅳ. ① I407.3

中国版本图书馆 CIP 数据核字（2022）第 083258 号

责任编辑:尚　京　樊学梅　　责任校对:舒　心

FEIZHOU MINJIAN GUSHI　MANDING ZHI SHI

非洲民间故事　曼丁之狮　　　　新阅读研发中心　改编

主管单位：山东出版传媒股份有限公司

出 版 人：刘东杰

出版发行：山东教育出版社

地　　址：济南市市中区二环南路 2066 号 4 区 1 号　邮编：250003

电　　话：（0531）82092660

网　　址：www.sjs.com.cn

印　　刷：湖北意康包装印务有限公司

版　　次：2022 年 5 月第 1 版

印　　次：2022 年 5 月第 1 次印刷

规　　格：870 mm × 1240 mm　1/32

印　　张：4

字　　数：56 千字

定　　价：18.00 元

（如印装质量有问题，请与印刷厂联系调换）

电话：0715-8018076

前言

民间故事的出现可追溯到很久以前。古时候的劳动人民根据长期的社会实践经验，加以丰富的想象，逐渐创作出一种以口头传诵为主要形式，在人民群众中流通甚广的故事类型——民间故事。民间故事的起源与发展，与人类的生产实践有着密切的关联，它反映了劳动人民的愿望和理想，体现了他们的情感和诉求。

非洲是世界文明的发源地之一；丰富多彩的非洲民间故事是世界文学和文化的重要组成部分。本书精选了多篇具有代表性的非洲民间故事，这些故事与非洲人民的社会生活、历史发展和艺术创作息息相关。有渔夫凭借着过人的智慧，成为大臣的故事；有小小的兔子，凭着自己的头脑，捉弄大象的故事；还有遭受了迫害，却没有被不幸击垮，而是勇敢面对困难，并最终带领自己的军队战胜敌军的曼丁之狮的故事。

透过这些故事，我们不仅可以了解非洲独特的民间文化和风土人情，还能从中得到许多审美的愉悦和情感的共鸣。

阅读是滋养我们心灵的养料，愿小读者们能通过阅读本书有所收获和成长。

阅书指导

民间故事起源于人民群众的创作,是在人民群众间口耳相传的故事传说,寄托了人们对美好生活的追求和向往。阅读民间故事可以增长知识、开阔眼界,并体味民间文学特有的艺术魅力。

一、民间故事的来源

民间故事起源于古代劳动人民的口头创作,是当时的人们面对社会现实进行思考和再加工的产物,是社会生活及其思想的映射。

二、民间故事的价值

1.民间故事具有娱乐和教化功能。民间故事中那些离奇有趣的情节和所蕴含的赞美勤劳善良、鞭挞懒惰邪恶等思想,于人们而言兼具娱乐性和教育性。

2.民间故事是人们现实生活及其思想的反映,对于研究当时人们的生活方式与思想具有重要意义。

3.民间故事的语言生动质朴,但又有其独特的韵味,具有简练、清新的艺术表现力。

三、民间故事的写作特色

1.民间故事的内容大多立足于现实,表现的主题符合当时社会的主流思想,是真实社会生活的缩影。

2.民间故事中包含大量的幻想因素,情节跌宕起伏,生动有趣。内容虽从生活实际出发,但并不局限于现实生活范畴。

3.民间故事的创作具有类型化的特点。故事的主要人物、大体情节以及表达的主题都有相似性。故事内容大多歌颂善良聪慧,讽刺丑恶愚蠢,体现了正义终将战胜邪恶的朴素价值观。

四、阅读思考

1.阅读本书后,有哪几篇民间故事让你印象深刻?

试着与家人和小伙伴讨论一下,并说说理由。

2.阅读民间故事时,我们常常会被故事中的奇思妙想吸引。你认为,这些幻想有其现实依据吗?请说说你的看法。

3.民间故事是劳动人民反映现实并进行再加工的成果。请你认真思考一下:书中的民间故事都蕴含了哪些道理?这些道理在现代社会仍有其价值吗?

目录 CONTENTS

曼丁之狮

1.松克隆的来历

伟大的曼丁国国王松迪亚塔的父亲马汉·孔·法塔娶了三个妻子，育有三男三女：第一个妻子名叫萨苏玛·贝雷特，她是丹卡朗·杜曼王子和娜娜·特里班公主的母亲；第二个妻子名叫松克隆·凯茹，是松迪亚塔和另外两位公主松克隆·科隆康、松克隆·贾玛茹的母亲；第三个妻子名叫纳曼杰，是曼丁·波里的母亲。

马汉是一位美男子，也是一位深受百姓爱戴的国王。在曼丁的首都尼亚尼城，有一棵高大的木棉树，国王常坐在这棵树下，和大臣或百姓谈论国事。

有一天，国王像往常一样，坐在木棉树下，他的周围聚集着很多人。这时，一位猎人走了过来。他穿着长衫长裤，长衫上缝着贝壳，这表明他是一位技艺高超的猎人。猎人径直朝他走去，鞠了一躬，说："尊敬的曼丁国国王，请允许我向您致敬。我是一位猎人，也是一位预言家。我来自桑加朗，正在追捕野兽。我射中了一只母鹿，它带着箭逃到这里，倒在离城墙不远的地方。按照传统，我应当向这片土地的主人献上猎物的一部分。"于是，他从皮袋里拿出一只鹿腿。

国王的谋士良库曼·图阿把鹿腿接了过来，说："你来自遥远的国度，一定到过许多国家，也一定得到过学识渊博的大师的指点，你可愿意教导我们？"

猎人说："不错，我是一位优秀的预言家，是先知中的先知。世上充满了神秘未知的事情，木棉树看起来高大无比，但它是一粒微小的种子长成的，这种子或许比一粒米还小。谁能看出一个小孩子会成为未来的国王呢？伟大来自渺小……我看见那边有三个陌生人正朝你的城市走来。"他突然停住了，两眼朝城门那边望着。在场的人都不说话，也朝城门望去，却什么都没看见。

　　猎人继续说："我看见两位猎人正朝这里走来，旁边还有一位女子。天啊，这女子长得真丑，丑得让人看了就害怕。但是国王，你必须娶她为妻，她会为你生育一个王子，这个王子将使曼丁变得无比强大。"说完，猎人就离开了。

　　很久之后的一天，国王和他的随从像过去一样坐在那棵高大的木棉树下。他们像往常一样闲谈着，突然，他们的视线被吸引住了。原来是两位英俊的少年猎人，正朝这边走来，走在他们前面的是一位戴着面纱的年轻姑娘。这几个人走到国王近前，鞠了一躬，其中年长的猎人开口说："我们向国王和您的大臣们致意。我们从德沃国来，但我和我的兄弟都是曼丁人。因为喜欢旅行和冒险，我们去了遥远的德沃国。这位年轻的姑娘是德沃国人，我们将她带来，因为我和我的兄弟认为她有资格当王后。"

图阿开口道："猎人们，曼丁国的子孙都是一家人，你们先坐下喝点儿水吧。请告诉国王，你们为什么和这位姑娘离开了德沃国？"

年长的猎人说："我和我的兄弟追逐猎物，来到了德沃国的边境。我们遇到两个猎人，其中有一个受了伤。他们说，有一头水牛在侵犯德沃国的乡村，每天都要伤害人畜。德沃国国王下令：谁要是能杀死这头水牛，一定重重有赏。我们决定去碰下运气，就进入德沃国。途中，我们在河边发现了一位老妇人，她瘦骨嶙峋，饿得号啕大哭，却没有一个人肯帮她。我不由得心生同情，就从皮袋里拿出一些食物给她。我们正准备离开，她却对我们说：'年轻的猎人啊，你有一颗仁厚的心，我决定报答你的慷慨。我知道你们想猎杀那头扰乱德沃国的水牛，但你们不会成功的，因为我就是那头水牛，我的真身并不在德沃国。你把这个纺锤和鸡蛋拿去，然后到乌郎汤巴平原上去，我变成的水牛就在那里。你拿着这个纺锤向我瞄准后再拉弓，这样才能射中我。然后，你把这个鸡蛋扔在我的身后，那时我周围会出现一片沼泽。我无法在那片沼泽里行走，这样你就可以杀掉我。你要割下水牛的尾巴，把它献给国王，然后向他领赏。其实，德沃国国王是我的兄弟，他夺去了应该归我的那份遗产，所以我化为水牛来报复他。如今，我已经惩罚了我的兄弟，你就杀了我去领赏吧。到时候，国王一定会让你挑选一位全国最漂亮的姑娘做妻子，但你不要答应他。你们会在一栋房子边上发现一个驼背的女人，长得奇丑无比，名叫松克隆，她也是我的化身，将来会成为曼丁国的王后。'我握着这位老妇人的手，庄严地发誓，一定按照她说的去做。我们兄弟俩最终杀死了那头水牛，然后把松克隆带到曼丁来，献给国王。"

马汉国王想起了当初猎人预言家说过的话，当即做出决定：举行最隆重的婚礼，迎娶松克隆。就这样，松克隆成了马汉国王的王妃。

2.松迪亚塔的童年

结婚后不久，松克隆就怀孕了，这让王后萨苏玛非常不安。如果松克隆生下那个预言家说的"将使曼丁变得无比强大"的王子，那么萨苏玛八岁的儿子丹卡朗就无法成为未来的国王。

转眼间十个月过去，到了松克隆临产的时候。这一天，尼亚尼城上空乌云滚滚，突然间雷声隆隆，大雨倾盆。接着又是轰然一声巨响，雨停了，太阳出来了。就在这时，接生婆奔向王宫大厅，向马汉国王报喜说："松克隆王妃生了个男孩。"

国王面无表情，好像什么也没发生一样。但他的谋士图阿知道他此时无比欣喜，就站了起来向侍立在宫廷大鼓两侧的两个奴仆做了个手势。顿时，急促的宫廷鼓声响起，向全曼丁臣民宣告一个王子诞生的喜讯。孩子出生八天后，马汉国王为他举行了命名礼，图阿宣布："王妃松克隆儿子的全名叫马汉·马里·迪亚塔。"

这个孩子的成长并不顺利，到了三岁时还是无法行走，只能靠双手在地上爬。他长得一点儿也不像英俊的马汉国王，他的脑袋非常大，大得身体好像要支撑不住了。大家甚至不叫他的本名，而是把他母亲的名字放在前面，叫他松克隆·迪亚塔。

看到迪亚塔王子这个样子，萨苏玛开心极了。她嘲笑松克隆说："我宁愿要一个两条腿会走路的孩子，也不要一只在地上爬的狮子。"

松克隆用尽了办法，想让迪亚塔站起来走路，结果都没有成功。马汉国王认为这个孩子并不是预言中的王子，希望松克隆再生一个男孩。后来，松克隆又怀孕了，结果生下的却是一个女孩。她长得很像母亲，容貌十分丑陋，被取名为科隆康。马汉国王非常伤心，把松克隆赶出了他的宫殿。不久，马汉国王又娶了盟国国王卡马拉的女儿纳曼杰为妻。一年后，她生了一个儿子，并为这个孩子取名为曼丁·波里。

马汉国王心里十分苦闷：松克隆生的那个儿子，真的就是先知所说的伟大的国王吗？我到底该把王位传给谁呢？

一天，马汉国王向一位广闻多智的老铁匠询问这个问题，老铁匠说："大树生长得很慢，它的根却深深地扎进了土壤。种子已经发芽，只不过它长得不像你期望得那么快。"马汉国王放下心来，恢复了对松克隆的宠爱。不久，松克隆又生了一个女孩，取名贾玛茹。此时松克隆生的那个王子已经七岁了，还在地上爬行，而萨苏玛王后的儿子丹卡朗已经是一位英俊少年了。

有一天，马汉国王把迪亚塔王子叫到身边，把自己的谋士图阿的儿子——贝拉·法赛盖介绍给他，做他的谋士。这也就意味着，马里·迪亚塔王子将来会继承曼丁王位。

3.王子的觉醒

不久，马汉国王去世了。在萨苏玛的策划下，曼丁国的大臣们竟然不顾老国王的遗愿,拥立丹卡朗为新的国王。没过多久，马汉国王的谋士图阿也去世了。

萨苏玛成了太后，她想方设法地迫害松克隆。松克隆和她的孩子们被迫搬出王宫,住在一间用来堆破烂的屋子里。为了谋生，松克隆和她的孩子们在一座村庄后面的平原上开了一座小菜园,种植努古茄。有一天，家里的调料用完了，她就到萨苏玛那里去讨几片巴欧巴树叶作为调料。谁知萨苏玛冷笑着说:"我有的是巴欧巴树叶。因为我的儿子早就会走路了，那些树叶都是他替我采来的。你的儿子既然不如我的儿子，我可怜你，你就只管拿吧!"

　　松克隆受了一肚子气。回到家，她看到迪亚塔正盘着双腿坐在地上吃东西，忍不住放声大哭。她抓起一根大木棍，对着迪亚塔挥了过去。迪亚塔伸手夺下木棍，不解地问："妈妈，你为什么要打我呀？"

　　"就为了几片巴欧巴树叶，萨苏玛狠狠地羞辱了我一番。她的儿子像你这么大的时候，已经会帮她采巴欧巴树叶了，而你还在地上爬行。"

　　"妈妈，您不要难过，我今天就能走路，"迪亚塔说，"您让父亲的铁匠法拉古罗为我打造一根最重的铁棍，我用得着。比起几片巴欧巴树叶，您想不想要整棵巴欧巴树呢？"

　　"那当然更好了，孩子。你要有本事，就把它连根拔起，送到我的屋子前面来。"

　　贝拉听了迪亚塔的话，直奔老铁匠的屋子，定做了一根又粗又重的铁棍。老铁匠做好铁棍后，派了六个学徒抬着送到松克隆的屋前。

　　只见迪亚塔爬到那根铁棍前，他一只手撑在地上，另一只手毫不费力地把铁棍竖了起来。所有人都睁大眼睛静静地看着迪亚塔，只见他用力抓住大铁棍，手臂上的肌肉绷得紧紧的。忽然，他猛地一用力，从地上站了起来，全身都是汗水。一步，两步，三步……迪亚塔扶着铁棍，慢慢开始走了起来。没多久，迪亚塔就能走能跑了。

迪亚塔一口气跑到了城外，来到一棵又高又大的巴欧巴树前面。他把这棵树连根拔起，扛在肩上，送到了母亲的屋子前。

自从迪亚塔会走路后，城中的人们都对他充满了崇敬之情。他的身边聚集了许多小伙伴，甚至连邻国的王子也来拜访他。太蓬国国王的儿子法朗·卡马拉、西比国国王的儿子卡曼让都是他的朋友，纳曼杰的儿子曼丁·波里也和他们一起玩耍。

这时，迪亚塔的谋士贝拉已经二十多岁了，他按曼丁的习俗教育和培养迪亚塔。因为当地的语言说起来往往语速很快，松克隆·迪亚塔这个名字中的"克隆"两个字常常被省略，听起来就变成了"松迪亚塔"。久而久之，人们不再称呼他的本名，而是叫他松迪亚塔。

松迪亚塔长到十岁的时候，已经是一个勇猛过人的男孩了，十个同龄的孩子都不是他的对手。他举止不凡，说起话来就像一位真正的国王。后来，纳曼杰王妃去世，曼丁·波里成了孤儿，松克隆收养了他，把他当成自己的儿子来抚养。

4.四处流浪

看到松迪亚塔渐渐长大，萨苏玛担心他将来会夺去自己儿子的王位，就想找人谋害松迪亚塔。松克隆是一位谨慎的母亲，察觉到了危险。

一天傍晚，一家人吃完饭后，她把孩子们都叫到面前。她对松迪亚塔说："萨苏玛不怀好意，想要谋害你。她虽然对付不了你，但是会对你的弟弟和妹妹下毒手。咱们离开这儿吧，等你长大以后再回来。"松迪亚塔为了保护家人，答应母亲一起离开尼亚尼城，远走他乡。贝拉得知松迪亚塔准备离开，也准备和他们一起走。就在松克隆做着出发的准备时，丹卡朗国王把贝拉叫到王宫，让他带领一个使团出使强大的索索国。这天一大早松迪亚塔就外出打猎了，等他晚上回到家，松克隆把这件事告诉了他。此时，贝拉已经率领使团在当天上午出发了。

松迪亚塔得知后勃然大怒，立即带着曼丁·波里闯进了丹卡朗的王宫里。他十分愤怒，连话都说不出来了。曼丁·波里见哥哥不说话，就对丹卡朗说："你夺走了我们应得的那份遗产，现在又抢走松迪亚塔的谋士。你要知道，不管他在哪里，永远都是松迪亚塔的谋士。既然你不愿看到我们，那我们就离开曼丁。"

"但是，你给我听好了，"松迪亚塔高声叫道，"我一定会回来的！"

松克隆带着四个孩子开始了流浪生活。一路上，他们无依无靠，受尽了人们的白眼。后来，松克隆一行来到杰德巴国。这里的孔孔国王让松克隆母子住在自己的宫中，松迪亚塔和国王的儿子们一起玩耍。没等松克隆母子过几天安稳日子，萨苏玛就派人送来了大批金银财宝，要求孔孔国王杀掉松迪亚塔。还好松克隆提前得知消息，赶紧带着孩子们离开了。就这样，松迪亚塔一家人又过上了流浪的生活。

为了远离曼丁国，他们一路朝西方走去，来到了太蓬国。太蓬国国王的儿子法朗·卡马拉是松迪亚塔童年时的朋友，两人再次相见，都非常高兴。太蓬国国王已经年迈，法朗·卡马拉热情地接待了松克隆。他劝松克隆带着孩子们继续往前走，到瓦卡杜国去，那里离曼丁国更远。正好有一个商队要去瓦卡杜国，老国王便命令商队推迟几天出发。等松克隆母子休整几天后，老国王才让他们跟着商队一起前往瓦卡杜国。

到了瓦卡杜国，松克隆前去拜见国王苏巴马·西塞，对他说："我们从曼丁国来，我的丈夫是马汉国王。他死后，我的长子松迪亚塔被剥夺了王位继承权，我们只得流落异乡。今天我来拜见您，请您收留我们。"在松克隆说话的时候，国王却目不转睛地盯着松迪亚塔。面对国王威严的目光，松迪亚塔镇定自若，静静地打量着国王客厅里那些华丽的摆设。国王说："曼丁和我国是兄弟之邦，我的宫廷就是你们的宫廷。"接着，他用亲切的语气对松迪亚塔说道："过来吧，小兄弟，你叫什么名字？"

"我叫松迪亚塔，这是我的弟弟曼丁·波里，我的小妹妹叫贾玛茹，还有一个妹妹叫科隆康。"松迪亚塔说。

国王当即下令用最隆重的礼仪接待松克隆母子。于是，人们把松克隆当作王后来服侍，松迪亚塔和曼丁·波里则穿上了华丽的绣花长袍。

一年后，松克隆得了重病。国王决定把松克隆母子送到他表兄麦马国国王东卡拉的王宫里去养病。麦马城位于饶丽拔河畔，那里空气清新，人们认为住在那儿有助于病人的康复。

松克隆带着孩子们来到了麦马国。东卡拉国王出征在外，他的妹妹接待了松克隆母子。直到雨季来临，东卡拉国王才得胜归来。他的妹妹向他介绍了松克隆母子，并呈上了瓦卡杜国国王的介绍信。东卡拉对松克隆道："就像到了自己家里一样，你愿意住多久就住多久吧。"就这样，松克隆一家在麦马国住了下来。

一晃几年过去了，松迪亚塔已经十五岁，能跟着国王一起出征了。他非常勇猛，又博学多才，因此受到全军将士的爱戴。由于麦马国国王没有继承人，大家都认定，松迪亚塔会成为麦马国未来的国王。

三年后，国王封松迪亚塔为副王。国王出国远征时，由他代为处理政事。这时，松迪亚塔已经十八岁了。大家都敬重他，愿意服从他的命令。附近敌人前来进犯的次数越来越少，全国上下无不对他赞不绝口。眼看儿子已经长大成人，松克隆认为他终将实现先知的预言。有一天，她对松迪亚塔说道："你要记住，曼丁才是你的祖国。我的职责已经完成，将来你要担负起自己的职责来。"

5.残暴的苏毛罗

　　当松迪亚塔在异国他乡大展拳脚的时候,曼丁却落入了他人手中。原来,当初丹卡朗派遣使团出使索索国,想要两国交好,谁知索索王苏毛罗却想吞并曼丁。苏毛罗生性残暴,靠着强大的军队,征服了周边各国,就连瓦卡杜等强国也被他打败。苏毛罗还筑了三道城墙,把索索城团团围住。他在城中央建造了一座巨大的八层高塔,自己住在第八层,在上面可以俯瞰全城。

　　苏毛罗扣留了曼丁国的使者贝拉,还派人威胁丹卡朗国王:如果丹卡朗不投降,他就要毁掉尼亚尼城。丹卡朗吓坏了,不但答应让曼丁成为索索国的属国,还把妹妹娜娜·特里班送给了他。

　　一天,贝拉趁苏毛罗不在,混进了他的宫殿,来到苏毛罗住的第八层高塔。他看到王宫大门的右边有一个大木琴，不禁走到琴边坐下，想要弹奏一曲。他刚用小木棒轻轻一碰，那木琴就发出了一阵悠扬动听的声音。

谁知这把木琴非常特别，不管苏毛罗离自己的宫殿多远，只要有人碰一下木琴，他马上就会知道。苏毛罗这时正在城外，得知有人进入自己的宫殿，便赶忙回城，直上第八层高塔。贝拉见苏毛罗突然出现，马上弹起一首新曲子，唱起颂扬他的歌来。苏毛罗听了转怒为喜，不但没有惩罚贝拉，还提拔他当了自己的谋士。

经过多年的征伐，苏毛罗已经成为草原上最强大的国王。他无恶不作，甚至抢了外甥法格里的妻子。法格里气坏了，对他的舅舅说："你竟然不知羞耻，抢走我的妻子。从今以后，我和你势不两立。"说完，他就带领自己的人马，离开了索索国。

法格里一竖起反抗苏毛罗的大旗，各地的人们便纷纷响应。曼丁国国王丹卡朗马上组织了军队，前去与法格里会合。苏毛罗闻讯后，没有去攻打法格里，而是率领军队奔向丹卡朗杀去。丹卡朗竟然不敢抵抗，一溜烟逃到了可拉国。苏毛罗进入曼丁的都城尼亚尼城，一把火把这里烧成了灰烬。

苏毛罗自立为曼丁国国王，可是曼丁的百姓没有一个人承认。曼丁人躲进了丛林里，等待机会进行反击。大家纷纷跑去问那些先知，想知道曼丁国未来的命运。先知们都说，只有王位的合法继承人才能够拯救曼丁。于是，曼丁的老臣们想起了出走的王子松迪亚塔。可松迪亚塔去了哪里，并没有人知道。于是，老臣们组织了一队人马，去寻访松迪亚塔的下落。

6.巴欧巴树叶

远在麦马国的松迪亚塔得知苏毛罗入侵曼丁，而自己的哥哥丹卡朗不战而逃。他还听说，苏毛罗的外甥法格里正率军反抗苏毛罗。后来，尼亚尼城被烧毁的消息也传到他的耳朵里，松迪亚塔因此闷闷不乐。

松克隆年纪大了，又得了重病，做饭的事就落在了科隆康身上。有一天，科隆康带着女仆去市场上买菜，看见一个女人在卖两种她很熟悉的东西。她凑近一看，原来是巴欧巴树叶和努古茄。那是麦马人从来没见过的两种东西。

她不由得自语："这是巴欧巴树叶和努古茄。"

那女贩听了，忙问："你怎么知道的？"

科隆康说："我来自曼丁国，所以认识这两样东西。"原来，这个女贩正是寻访松迪亚塔的曼丁老臣所派的。这时，附近的几个老臣也围了过来，请求拜见科隆康的家人。科隆康把他们带到了家里，松克隆马上认出他们是先王的臣子。

松克隆一见到他们，就急切地问："曼丁现在怎么样了？你们快告诉我！"

一位老臣说："我们打扮成商人，走过了一座又一座城市。每到一个城市，我们就在城里的市场上卖曼丁产的东西。我们想：谁要是认识努古茄，谁就知道你们的消息。恰巧今天来买菜的是科隆康，终于让我们找到了你们！苏毛罗占领了曼丁，丹卡朗国王逃走了。现在见到你们，我们知道曼丁有救了，因为我们找到了你——松迪亚塔。你是曼丁未来的国王，不论你在这里的官职多么高，你都必须舍弃，去拯救自己的祖国。"

老臣讲完了这番话，松克隆一言不发，科隆康和曼丁·波里看着松迪亚塔。松迪亚塔坐在那里，也一言不发，过了很久才说："我们明早就出发。"松迪亚塔一站起来，大臣们也都跟着他站了起来，这时的他，俨然是一位国王。

当天晚上，松克隆病势沉重，不幸去世。松迪亚塔赶紧去见麦马国国王，向他报告这个不幸的消息。

松迪亚塔对国王说道："国王啊，当我四处流浪时，是您收留了我，您的恩惠我永远不忘。现在我母亲已经去世，我也长大成人，理应回到曼丁，继承先人遗留下的王位。国王啊，我在这里向您辞行。但在动身之前，请准许我在您的国土上埋葬我可怜的母亲。"国王听了非常生气，他把松迪亚塔看成自己的儿子，没想到松迪亚塔竟然会离他而去。

"你这个无情无义的家伙，"国王说，"既然你想走，就赶快走。这里不属于你，如果你想把母亲埋葬在这里，就必须出钱买一块坟地。"

"等我回到曼丁，就派人把钱送来。"松迪亚塔说。

"不行，你必须现在就给！不然你就得把你母亲的尸体带走。"

松迪亚塔没说话，直接走了出去。过了一会儿，他提着一个篮子回来了。篮子里装着些碎瓦片、火鸡毛和竹鸡毛，还有一些稻草。他说："国王，这就是我买坟地的钱。"

"放肆，松迪亚塔！你竟敢戏弄我，还不赶快把这些破烂拿开！"

这时，国王的谋士赶紧上前劝道："国王啊，他的意思是，您若不肯给他坟地，他就要跟您开战。破瓦片和稻草表示他要摧毁您的城市，让这里成为竹鸡、火鸡的乐园。您就送他块坟地吧，这样他会感激您，两个国家会成为永久的同盟。"国王顿时醒悟，下令为松克隆举行了隆重的葬礼。

7.打回曼丁去

为了让松迪亚塔顺利回国，麦马国国王把自己的军队分了一半给松迪亚塔。麦马骑兵团本是松迪亚塔一手操练出来的，现在便成了他的部队。这些人马和苏毛罗的军队相比，自然是太少。因此，麦马国国王建议松迪亚塔先去瓦卡杜国，争取瓦卡杜国国王的支持。瓦卡杜国国王听说松迪亚塔率军来到，亲自出城迎接，并把自己一半的骑兵交给松迪亚塔指挥。

看着兵力越来越多，曼丁·波里问他的哥哥："现在我们能够对付苏毛罗了吧！"松迪亚塔说：

"战场上光靠人数还不够，更要靠勇气。我将率领我的队伍，回到曼丁去。"

松迪亚塔下令全军绕开索索国，向南方进军，他的第一个目的地是太蓬国。因为当年松迪亚塔曾经答应过好友法朗·卡马拉，回曼丁的时候一定要去太蓬国拜访。如今他的这位童年好友已经是太蓬国国王，松迪亚塔迫切希望和好友重逢。

法朗·卡马拉今年刚登基，他不再像老国王一样对苏毛罗忍气吞声，而是积极备战反抗。苏毛罗得知松迪亚塔起兵反对自己，并没有把他放在眼里，只是派儿子索索·巴拉带着一支队伍前去消灭松迪亚塔。结果可想而知，索索·巴拉吃了败仗，灰溜溜地逃了回去。

等法朗·卡马拉赶来帮忙时，松迪亚塔已经大获全胜。两支友军会师，举行了规模盛大的晚会。第二天早上，联军进入雄伟坚固的太蓬城。松迪亚塔大败索索·巴拉的消息很快传到了曼丁国，点燃了曼丁百姓心中的希望之火。

　　索索·巴拉带着残兵败将逃了回去，苏毛罗不由得暗暗吃惊，当即决定亲自出马，前去征讨松迪亚塔。此时，松迪亚塔的手下已经有五大兵团，分别是：麦马的骑兵团和步兵团，瓦卡杜的骑兵团和步兵团，以及法朗·卡马拉的部队。

　　苏毛罗的大军和松迪亚塔的部队在一个山谷中相遇。松迪亚塔想要立刻开战，苏毛罗却想把松迪亚塔的部队引到平原地带。松迪亚塔没有上当，马上向敌军开战，苏毛罗被迫应战。他将自己的人马分成两翼，占据着山脊。松迪亚塔则把部队分成前后两线，第一线是骑兵，第二线则是瓦卡杜和太蓬的弓箭手。

　　苏毛罗站在一座小山丘上，他身材高大，头盔上装饰着牛角，看起来十分显眼。进军的号角吹响了，松迪亚塔带着骑兵一马当先，向敌军冲了过去，喊杀声响彻整个山谷。

　　苏毛罗眼看自己的部队抵挡不住，他赶紧举起手臂，让埋伏的人马从山谷中冲出来，想要围住松迪亚塔。松迪亚塔的部队则随之散开，形成一个更大的包围圈，把苏毛罗的人马围住。此时，松迪亚塔的后线部队，也就是瓦卡杜和太蓬的弓箭手，朝着苏毛罗的队伍射出成千上万的利箭。一时间箭如雨下，苏毛罗的人马纷纷倒地。这时，松迪亚塔在乱军中看见苏毛罗的儿子索索·巴拉，便挺着长矛向他刺了过去，索索·巴拉吓得落荒而逃。

苏毛罗眼看自己的部队将要溃败，赶紧跑到部队中央，想要稳住军心，挽回败局。松迪亚塔一见到苏毛罗，就挥舞着手中的长矛，杀了过去。他离苏毛罗越来越近，只要将长矛向前一送，就可以刺到苏毛罗了。松迪亚塔使劲刺出手中的长矛，却听到咚的一声，长矛像碰到了石头一样，从苏毛罗的胸口滑了过去。松迪亚塔回马转身，弯弓搭箭，朝苏毛罗射出一箭。谁知苏毛罗却将迎面飞来的利箭一把接住，还拿着它对松迪亚塔晃了一晃，意思是说："你根本伤不了我。"松迪亚塔十分愤怒，再次挺起长矛，朝苏毛罗直冲过去。突然，苏毛罗从他眼前消失了。松迪亚塔四处寻找起来。忽然，弟弟曼丁·波里指着前面的小山丘对他说："哥哥，他在那里！"

松迪亚塔朝小山丘望去，只见苏毛罗正骑着战马，身上穿着黑袍，站在山丘顶上。片刻间，苏毛罗又消失不见了。这一仗虽然大获全胜，但没能杀死苏毛罗，松迪亚塔因此闷闷不乐。

此时，松迪亚塔打败苏毛罗的消息已经传遍了四方。平原上大大小小的村庄无不对松迪亚塔盛情相迎。松迪亚塔下令招募新兵，各地的人们都以加入他的军队为荣，纷纷应召入伍。

越来越多的国王起兵反抗苏毛罗，他们聚集在西比国，听从西比国国王卡曼让的指挥。卡曼让是松迪亚塔童年的好友，现在已经是西比国的国王。卡曼让和法朗·卡马拉是表兄弟，当年的三个小伙伴，如今又要相会了。

当松迪亚塔率领庞大的军队出现在西比平原时，那些迎接他的军队纷纷擂鼓助威，欢呼声响成一片。松迪亚塔骑着一匹骏马，众人纷纷把崇敬的目光投向他。西比国国王卡曼让上前对松迪亚塔大声说："向尊贵的马汉·马里·迪亚塔报告，曼丁的部队已经集合在这里，恭候您的到来！"

松迪亚塔听说家乡的部队也来了，他激动地高呼："你们好，曼丁的子孙！谢谢你，卡曼让！只要我一息尚存，就不会让曼丁受人奴役。我们的祖先在世时是自由人，我们也要自由地生活下去。我一定要为曼丁人报仇雪耻！"顿时，草原上爆发出惊天动地的欢呼声，战鼓声也如雷鸣般响了起来。

8.回到曼丁

苏毛罗逃回索索国，重新组建了一支大军，浩浩荡荡地朝松迪亚塔杀来。

松迪亚塔不敢大意，组织人马准备迎战。就在此时，有人来向松迪亚塔报告：他的妹妹娜娜·特里班，还有他的谋士贝拉，已经趁乱逃出了索索国，来到了西比国。松迪亚塔连忙接见了他们。娜娜·特里班是个善良的姑娘，不像她的母亲那样恶毒。她一见到哥哥，就落下了欢喜的眼泪。她哭诉道："哥哥，当初我母亲想方设法将你们赶出曼丁，我万分难过。你离开曼丁以后，我被送到了索索国，成为苏毛罗的妃子。最初，我整天以泪洗面，到后来，我明白，要想打败苏毛罗，就要弄清他的弱点。我假装对苏毛罗十分顺从，因此深受他的宠爱。同时，我还和贝拉保持着密切的联系。一天夜里，我故意吹捧苏毛罗，问他为什么能刀枪不入。他不禁向我吹嘘起来，还把所有的秘密全都告诉了我。我和贝拉趁苏毛罗外出的时候，赶紧逃出了索索国。"

贝拉接着说："我们听说你在这里，就赶紧来投奔。你的胜利说明，先知的预言就要应验了。"

正在这时，有人报告道：苏毛罗率领大军正沿着河岸前进，准备切断松迪亚塔回到曼丁的路途。

松迪亚塔决定，带领军队和苏毛罗展开最后的决战。离开西比之前，松迪亚塔在营地里组织了一次大规模的集会，让自己的谋士贝拉发表慷慨激昂的演讲，来鼓舞军队的士气。军中大小将领纷纷发誓，服从松迪亚塔的指挥。接着，松迪亚塔率领大军开出了西比。

松迪亚塔率军在一个山谷里扎下大营，切断了苏毛罗南下进军的道路。不久，法格里也赶到了这里，和松迪亚塔的大军会合。松迪亚塔想在雨季以前消灭苏毛罗，就下令朝苏毛罗驻扎的克里纳进军。到了克里纳以后，他把兵力安排在平原上的一座小山丘上面。

第二天一大早，法格里叫醒松迪亚塔，告诉他苏毛罗已经出兵了。松迪亚塔下令在平原上横列兵马，准备迎战。就在这时，曼丁·波里和娜娜·特里班走进营帐，来见松迪亚塔。曼丁·波里问："哥哥，你的弓箭准备好了吗？"

松迪亚塔说："已经准备好了，你来看……"

只见他从墙上摘下了弯弓和一支箭。那箭看起来很平常，是木头做的，箭头是一只白鸡的爪子。原来，那鸡爪就是娜娜·特里班所说的苏毛罗的克星。娜娜·特里班说："哥哥，苏毛罗肯定料到我会把他的秘密告诉你，所以在交战时会想方设法躲着你，你一定不能放过他。"

太阳高高升起，灿烂的阳光洒满了平原。松迪亚塔的队伍从河岸开始向外展开，遍布半个平原。可是，苏毛罗的军队人数更多，从很远的地方就能看见苏毛罗骑在马上，戴着一顶异常高大的帽子。松迪亚塔并没有一次投入全部力量，而是让瓦卡杜的弓箭手在队伍后面布阵，等双方激战时，再从山丘一侧发起进攻。法格里和松迪亚塔并肩作战，率领骑兵排在队伍的第一线。

只听松迪亚塔用洪亮的声音大喊一声："冲啊！"他的命令一下，全军立刻出动，按计划展开攻击。法朗·卡马拉和瓦卡杜的弓箭手则在山丘下列好阵型。麦马的骑兵勇猛异常，战马奔腾着朝敌军冲过去，吓得索索国的骑兵纷纷落下马来。

不一会儿，敌人的中军就开始败退。曼丁·波里则向松迪亚塔报告：苏毛罗正调动全部后备力量，朝法格里的军队杀过去。看来，苏毛罗不想放过自己的外甥。法格里的人马抵挡不住，眼看就要败下阵来。

就在这关键时刻，松迪亚塔带着骑兵调转方向，前来支援法格里。松迪亚塔在敌军中寻找苏毛罗，终于发现了他的身影。松迪亚塔骑着马杀过去，苏毛罗却小心地躲避着松迪亚塔，努力藏在自己队伍的后面。

松迪亚塔的视线一直没有离开苏毛罗，眼看着两人距离越来越近，松迪亚塔把马勒住，将鸡爪箭朝苏毛罗射了出去，正中苏毛罗的肩膀。就这样，苏毛罗仿佛全身失去了力量。他发出一声惨叫，转过马头就逃。索索国的士兵一看国王跑了，也四散而逃。松迪亚塔的部队和法格里的会合了，他们并肩作战，紧追逃兵。很快，他们发现了苏毛罗父子的身影。

松迪亚塔和法格里都想抓住苏毛罗父子。法格里骑马靠近苏毛罗，准备抓住他的舅舅。谁知苏毛罗突然一个转向，竟然溜掉了。法格里的马和索索·巴拉撞在一起，两人都滚到地上。法格里站了起来，抓住他那位表亲。

松迪亚塔则将手里的长矛，使劲朝苏毛罗投了过去。苏毛罗的马随之倒下，苏毛罗看到附近有个大山洞，赶紧跑进去，从山洞逃走了。从此之后，人们再也没有苏毛罗的消息。

这时，天已全黑了。松迪亚塔下令就地驻扎，等待大队人马跟上来。等大军集合起来后，他就率领部队向索索城进军。苏毛罗的残部逃回索索城，再也不敢出城迎战。各国国王听说松迪亚塔打败了苏毛罗，纷纷派出大大小小的使团涌向松迪亚塔的驻扎地，向他效忠。

当松迪亚塔的部队出现在雄伟的索索城下时，太阳已经西落。松迪亚塔让士兵们吃了双份的军粮，宣布第二天一早开始攻城。不到一个上午，松迪亚塔的部队就攻下了索索城。

接着，他率领部队继续前进，来到了德沃国。这里是他母亲松克隆的故乡。德沃国国王热情地接待了松迪亚塔。松迪亚塔和贝拉来到当年猎人杀死水牛的地方，杀了一只白公鸡祭祀。白公鸡刚断气，一阵旋风突然出现，朝着曼丁的方向吹去。

贝拉说："看啊，旋风朝着曼丁在吹！"

"现在是我们回曼丁的时候了！"松迪亚塔说。

松迪亚塔离开德沃国，前往卡巴，他统率的所有军队都在这里集合。这时，从北方的瓦卡杜直至南方的曼丁，从东方的麦马到西方的富塔，全都服从松迪亚塔的领导。草原各国的领袖们在这里举行了盛大的集会。会上，他们纷纷向松迪亚塔致敬，感谢他战胜凶恶的苏毛罗，为各国人民赢得了自由。

松迪亚塔把土地分给了大家，确定了各族人民的权利，号召所有人相亲相爱。草原上每一族的人民都派了一支部队，跟着松迪亚塔一起前往尼亚尼城。当松迪亚塔和他的队伍到达曼丁的时候，曼丁人举行了空前的欢迎仪式。在人们的赞美声中，大军终于抵达了尼亚尼城。

这座城市早已变成了一片废墟，城墙上还留着被大火烧过的痕迹。松迪亚塔决定，重建自己出生的城市。

曼丁各地的居民听说松迪亚塔重返尼亚尼城，都想来这里定居。由于来的人太多，松迪亚塔只好下令拆掉城墙，扩建整个城市。在松迪亚塔的统治下，曼丁国越来越繁荣，尼亚尼城成了当时草原的中心。这就是曼丁之狮——松迪亚塔的故事！

会飞的乌龟

传说，森林里，一只乌龟和一群鸟住在一起。

新年来临了，小鸟们准备去参加新年宴会。乌龟得知这个消息后，便找到了他的好朋友鹦鹉，他对鹦鹉说："我也想去参加新年宴会。"

"宴会离这里路程遥远，我们得飞过去才能到达，可你怎么去呢？"

乌龟很难过，哭得伤心极了。哭声惊动了其他的小鸟，大家都很同情小乌龟，纷纷安慰他。他们聚集在一起商量，怎么才能帮助乌龟飞行。

最后，一只小鸟提议，乌龟要想飞翔就得有用羽毛做成的翅膀，羽毛大家都有很多，各自贡献一些，肯定够乌龟用了。于是，大家你一根、我一根的，凑出了一堆五颜六色的羽毛，然后把这些羽毛

做成了翅膀，安装在了乌龟的身上。

"这样就好啦，现在你终于能够飞行了！"小鸟们愉快地说，"现在还有一个问题，我们大家参加这个宴会，都要用一个别名，你也为自己起一个别名吧。"

乌龟想了半天，说："我现在还没有想好，等到了那里再决定吧。"

因为举办宴会的地方很远很远，第二天一早，大家就开始向目的地飞行。乌龟是第一次飞行，尽管他拥有五颜六色漂亮的翅膀，但飞起来还是十分吃力，所以，乌龟一直落在队伍的最后面。

飞呀飞呀，也不知飞了多久，终于，在一个清早，大家抵达目的地了。

宴会开始了，宴会的主人是一只老鹰，她为这次宴会准备了非常丰盛的宴席，一张大大的桌子上摆满了各种各样美味的食物。宴会开始前，大家都在问："谁来第一个品尝这样美味的大餐呢？"

老鹰回答："请大家不必客气，快吃吧。"乌龟听到老鹰这么说,心想:好不容易才来到这里参加宴会,我一定要大吃特吃一回。既然主人请"大家"吃,那么我就叫"大家"好了。于是,乌龟连忙说:"那我在宴会的别名就叫'大家'好啦!现在,是让我第一个吃大餐吗?太好了!"于是,他边说边走上前去,狼吞虎咽地吃了起来。同行的小鸟们都大吃一惊,但是又不知道该如何阻止他。

上午的庆典结束了。中午的时候,宴会又开始了,小鸟们又问:"谁来第一个品尝午餐呢?"老鹰还是那样说的:"大家来吧。"乌龟听到"大家",连忙大声回应,又一次吃掉了所有的食物。到了晚饭的时候,出现了同样的事情,乌龟还是第一个冲向前去,把所有的东西都吃光了。

就这样,其他的鸟什么都没有吃到。宴会结束了,大家对乌龟的行为感到很气愤。在返程的路上,大家越想越气,他们要向乌龟要回当时送给他的羽毛。小鸟们说:"乌龟,你要把羽毛还给我们。"说完,大家就开始拆解乌龟身上的翅膀。

　　乌龟苦苦哀求，但谁也没有搭理他。很快，乌龟的翅膀就要被拆解完毕了。这时候，他们飞到了乌龟家的上空。乌龟向小鸟们请求道："请你们赶快飞下去，然后在门口放一个草堆，这样我从天上掉下去的时候，就能够摔到草堆里，不会受伤了。"

　　小鸟们听了非常生气，他们飞下去合力运了一块大石头放在乌龟家的门口，乌龟从天上掉下来，正好摔在大石头上。幸运的是，乌龟并没有死。

　　只是，因为坠落时受了伤，从此以后，乌龟走路就变得特别慢了。而且，直到今天，他的后背上仍然满是裂纹。

蝎子和青蛙

这天，森林突发大火，动物们四处逃命。他们唯一的出路就是穿过河流，到达森林的另一边。会游泳的动物纷纷跳进水里，不会游泳的则骑在他们背上，一同过河。他们互帮互助，逃离险境。

一只孤独的蝎子眼见很多动物都走了，心里十分着急。他不会游泳，也没有朋友，动物们都觉得他太危险，不愿意和他一起。大火烧毁了家，再这样等待下去，只会命丧火海。蝎子没有办法，只好怯怯地向一只正准备过河的青蛙求救。

蝎子说："亲爱的青蛙，请让我坐在你的背上过河吧。"

青蛙回答："我才没那么傻呢。凡是接近你的动物，都没有好下场。我背你过河，你一定会蜇我。"

蝎子极力保证："我发誓，我一定不会用毒针蜇你。你想想，如果我这样做，咱们都会被淹死，我不会游泳，不会做这样的傻事。"

青蛙想想，觉得蝎子说得很有道理，就接受了蝎子的请求。但是连蝎子自己都没有想到，用毒针蜇其他动物，已经成为他的习惯。在他们快到河对岸时，蝎子忘记了自己的承诺，用毒针蜇了青蛙。最终他们一起沉入河底，都死了。

惩罚狐狸

在一个村庄里，住着许许多多的动物，他们团结友爱，生活十分美满。可是最近，村子变得十分吵闹，特别是晚上，动物们根本无法入睡。

动物们都去找村长反映这件事，村长便派出一些得力干将查找原因。每到晚上，那些身强体壮的动物就全副武装，四处巡查。经过几天的调查，真相浮出水面，吵闹源于狐狸和公鸡一家的纠纷。狐狸每天晚上都要出来找食物，只要他一出来，母鸡和小鸡们就开始大喊大叫，公鸡一家很惶恐，不得安宁。

找到了噪声的制造者，村长决定找狐狸和公鸡一家进行一次严肃的谈话。由于事情的起因在于狐狸，所以狐狸的心里非常害怕。于是，他一大早就

去了公鸡家，希望公鸡能向村长求求情，别让村长惩罚自己。

公鸡老远就看见狐狸朝着自己家走来，他知道狐狸想让自己帮忙向村长求情，于是，他把头藏在了自己的翅膀下面。

"亲爱的朋友，村长让你和我一起去他的家里。"狐狸对公鸡说。

"是啊，现在我心里非常害怕，要知道村长的惩罚可不是闹着玩的。我不想让别人伤害我，所以我已经让我的妻子把我的头藏起来了。你看，我现在已经没有头了。"

狐狸看到公鸡的头果然不见了，却还能说话，吓得跑回家，惊惧而死。

就这样，狡猾的狐狸给了自己一个最严厉的惩罚。

纳玛索塔

纳玛索塔非常贫穷，他靠打猎维持生计，可惜几乎每天都空手回来。一天，他去打猎时，在路边发现一只死去的黑羚羊，他想："今天真幸运，毫不费力就有这么大的收获。"于是，他打算生火烤熟这只黑羚羊慰劳慰劳肚子。

这时，有一只小鸟扑扇着翅膀飞过来，对他说：

"纳玛索塔，你别急着吃这只黑羚羊，再往前去一段路，有更好的东西在等你。"

纳玛索塔听了这话，扔下了黑羚羊，继续向前走。不一会儿，他再次看到一只死羚羊，又一次打算生火。这时，那只小鸟又飞了过来，对他说：

"纳玛索塔，别急，你再往前去一段路，肯定有更好的东西。"

纳玛索塔又丢下了死羚羊，继续往前走。这次他看见路边有一所房子，一个女人正站在房子前，招手让他过去。纳玛索塔太穷了，他没有一件像样的衣服，只能穿着一身布条。他很不好意思，不想过去，可是那个女人还在招呼他，出于礼貌，他走了过去。

"请进。"女人邀请他。

纳玛索塔走进了房子，这是多么好的一座房子啊！里面什么东西都有，有美味的食物，还有冒着热气的浴缸。

女人对他说："你先去洗个澡，然后换上这些新衣服。"

纳玛索塔很纳闷，不知道为什么会得到如此好的待遇。他去洗了澡，换上了新衣服，又回到女人的面前。

"纳玛索塔，从今天开始，你就是我的丈夫，这座房子属于你了。"

纳玛索塔又惊又喜，他终于有了一个像样的

家，有像样的衣服，再也不用像从前那样为吃穿发愁了。

这样的好日子过了很久。一天，纳玛索塔受到邀请，要去参加一个节日宴会，走之前，他的妻子叮嘱他："你参加宴会的时候，尽量不要跳舞，如果非跳不可，记住，跳舞的时候一定不能转圈。"

纳玛索塔答应了妻子，他们两个一起去参加宴会。开始的时候，纳玛索塔记着妻子的吩咐，谁邀请他跳舞他都不跳。可是，他喝了很多酒，不一会儿就醉了。听到欢快的音乐，他情不自禁地跳起舞来，且越跳越兴奋，把妻子的吩咐全然抛在了脑后。终于，他开始转圈了。没有想到，他转着转着，又恢复了从前的样子：一个穿着破布条的穷光蛋。

乌鸦和兔子的友谊

乌鸦和兔子是一对好朋友，为了让大家见证他们的友谊，他们决定背着对方走到另一个村子。

一开始，先由乌鸦背着兔子走，一路上遇见很多人，他们都问乌鸦："乌鸦，你背着的是什么呀？"

"我背着的是我最要好的朋友。请大家见证我们真挚的友谊。"

听到乌鸦这样说，大家都纷纷竖起大拇指，赞叹他们两人的友谊。

乌鸦背着兔子走了很远的路。接下来，轮到兔子背着乌鸦走了。他们到达了另一个村子，村民们问兔子："兔子，你身上背的是什么呀？"

"我背的是羽毛，还有一张很大的嘴。"兔子回答着，脸上还带着嘲弄的笑容。

乌鸦听了很生气,他觉得他的好朋友根本就不尊重他,便从兔子的背上跳了下来。他们的朋友关系,也在那一刻结束了。

为什么变色龙会变色

　　在很久之前，非洲大陆上经常有大篷车车队穿梭而过，车上坐满了搬运工，他们头上顶着篮子，篮子里装满了饼干、蜡烛等生活用品。这些东西，都是他们到海边的村子里交换得来的。

　　野兔和变色龙是一对形影不离的好朋友。这天，他们听到了远方传来的喧嚣声，知道那些人又准备去海边交换东西了。于是，他俩跟在人们身后，想和人们一样，做一点儿小生意。他们背着各自的包袱，兴高采烈地跟在人们身后。

　　搬运工们的身上都带着铃铛，他们一走路，铃铛就发出很大的声响，这样就可以吓跑沿途的野兽。野兔跑得很快，他第一个到达海边，来到一个商店，用稻米换到了一匹布。换完之后，他便对变色龙说："朋友，我还有事，先走了。"

变色龙并不着急，慢吞吞地说："我不着急，我要好好挑选一下。"

野兔虽然走得早，却迷路了。经过很长时间，他才回到森林。一路上的奔波弄脏了野兔的皮毛，所以，直到今天野兔身上的毛还是那么脏。而认真仔细的变色龙在商店里挑选了好多种颜色的布料，用也用不完。所以，他隔一段时间就换一件衣服，让自己身上的颜色变来变去。

豹子和狐狸

有一只狐狸，他喜欢欺负豹子。豹子被狐狸欺负了，抓不到狐狸，很生气，他发誓一定要向狐狸报仇。

有一天，豹子想到了一个办法，他躺在自己的洞穴里装死，想引诱狐狸来接近他。森林里的动物听说豹子死了，纷纷来到豹子的洞穴旁边。只有狐狸不太相信，他站在离豹子很远的地方，观察着周围的一切。

"记得我奶奶去世的时候打了三个喷嚏，如果豹子真的死了，那么他一定也会打三个喷嚏。"狐狸大声说。

豹子听了狐狸的话信以为真，为了向大家证明他真的死了，他立刻打了三个喷嚏。

"大家快来看，豹子他没死，他还活着，他就是一个骗子！"狐狸马上大叫起来。

豹子气愤万分，站了起来，动物们都落荒而逃。狐狸拆穿了豹子的谎言，大笑着离开了。豹子更加讨厌狐狸了，他决定继续想办法，一定要抓住狐狸。

过了一段时间，到了旱季，动物们都需要去湖边喝水，狐狸也不例外，而这个湖就在豹子的洞穴旁边。豹子知道狐狸一定会来喝水，便日夜守在湖边，准备等狐狸一出现就马上抓住他。终于有一天，狐狸十分口渴，他只能冒险去湖边喝水，为了不被豹子捉住，他先在自己的身上涂满蜂蜜，然后在身体上贴满了干树叶。

狐狸来到湖边，他看见豹子正在盯着自己。豹子问："你是什么动物，我怎么从来没有见过你？"

"尊敬的豹子先生，我是叶子兽。"

"好吧，你可以去喝水了。"

狐狸太渴了，他大口地喝着水，溅起的湖水稀释了狐狸身上的蜂蜜，一片片树叶从他的身上掉下来。等到最后一片叶子也掉了下来，豹子这才恍然大悟，狐狸又一次欺骗了他！

　　他一下子跳了起来，跑过去想捉住狐狸，但是狐狸早已经逃之夭夭了。

乌龟与豹子

黑夜降临，乌龟独自在森林里走着，他心事重重，没有注意脚下的路。突然，乌龟眼前一片漆黑，他掉进了一个陷阱里！这个陷阱是附近的村民设下的，非常隐蔽，上面铺着厚厚的树叶，不仔细瞧，根本看不出异样。

因为有着坚硬的外壳，乌龟掉下去后并没有受伤。可是，乌龟必须想办法赶紧离开这个陷阱，否则，一旦被村民发现，他就会变成人们餐桌上的一道美食了。

乌龟正在苦苦思考离开陷阱的方法，突然，一只豹子也掉进了陷阱里。乌龟大吃一惊，随后便想出了办法。他假装这个陷阱就是他的家，对豹子说："你进来干什么？你不知道这里是我家吗？谁同意你进来的？"

豹子没有理他。

乌龟仍然大喊大叫："你这个没有礼貌的东西！你不知道你已经打扰我了吗？我命令你马上离开我家！"乌龟越喊越大声，豹子听了气愤万分，用尽力气把乌龟甩出了陷阱。

乌龟如愿以偿，脱离了险境。

陷阱里，豹子怒火冲天。不过，豹子没想到的是，乌龟又找来了很多朋友，把他也救了上来。就这样，乌龟和豹子成了亲密无间的好朋友。

为什么豹子身上有斑点

传说，豹子和火是非常要好的朋友，每天豹子都会到火的家里做客。然而，火作为豹子最好的朋友，却从来没有来过豹子的家里。豹子的妻子觉得很奇怪，就问自己的丈夫："为什么你的好朋友火从来不来咱们的家里做客呢？"

豹子没有回答妻子的问题，他决定邀请火来家里做客。可是火却不想去豹子的家里，他对豹子说："真的不好意思，我的朋友，我真的不能去你的家里。"然而在豹子一次又一次的盛情邀请下，火终于答应了豹子，他决定第二天去豹子的家里做客。

为了迎接好朋友的到来，豹子把家里打扫得干干净净，并且在门前的路上都铺上了干树叶。他和妻子早早就站在家门口，等待火的到来。

忽然，豹子夫妇感到温度上升，接着，他们看见门口的干树叶都烧了起来。火越烧越大，豹子夫妇只得赶紧逃回屋子。虽然他们没有受伤，但是，火还是烧到了他们的皮毛，留下了一块块黑色的痕迹。

猪和苍鹰

曾经，猪和苍鹰是非常要好的伙伴，猪看到苍鹰在天上自由驰骋非常羡慕，就也想拥有一双能飞上天的翅膀。他对苍鹰说道："我想到天空中翱翔，如果我能拥有一对翅膀就好了，你可以帮帮我吗？"

苍鹰十分愿意帮助自己的好朋友实现愿望，他找到其他的鸟，向他们要了很多羽毛，然后用这些羽毛给猪做了双翅膀。猪拥有了羽毛翅膀，终于能够飞翔了，他开心极了。苍鹰教猪如何飞翔，他让猪从基础开始，先从很低的地方飞。可是，猪并不听苍鹰的，他非要从一个非常高的地方起飞。正午时分，温度渐渐升高了，太阳把用来黏合羽毛的胶都晒化了，羽毛开始一根根掉了下来。不一会儿，羽毛越掉越少，猪已经飞不动了。等到最后一根羽

毛也掉下来的时候，猪完完全全地掉在了地上。他的鼻子先着地，这便是我们今天看到的猪鼻子都很平的原因。

猪觉得是苍鹰没有把翅膀制作好，害了自己，就冲着苍鹰大喊大叫。苍鹰十分委屈，再也不理猪了。从此以后，猪和苍鹰就断交了。后来，每当猪看到在天空中飞翔的苍鹰时，总是很生气地冲着苍鹰大叫。

老鼠大会

一天，老鼠们召开了一次大会，因为他们的同伴最近被猫咬死了很多，他们再也不想过这种担惊受怕的日子了。于是，他们决定开会讨论出办法，把猫除掉。

大家畅所欲言，都说出了自己的想法。最终，他们通过了一个他们觉得最好的办法：在猫的脖子上系一个铃铛，这样每当猫接近他们的时候，他们听到铃铛声，就可以马上逃跑。

办法想出来了，接下来该决定由谁去完成这个任务了。老鼠的头领说："谁愿意接受这个光荣的任务呢？"

老鼠们面面相觑，都不敢接受这个任务。所以，直到今天，老鼠们仍然过着提心吊胆的日子。

鸽子

很久以前，有一个女人独自抚养着两个女儿。为了给女儿们提供食物，女人每天都辛勤地下地干活。

一天，一只鸽子被日头晒得晕了过去，奄奄一息地躺在地上。女人发现了这只鸽子，她连忙把鸽子放到一片树荫下，并喂了一些水。过了一会儿，鸽子苏醒过来，对着女人扇了几下翅膀，然后飞走了。

村子附近经常有强盗出没，村里时不时就有人被强盗抓走。一天，女人在田地干活的时候碰见了强盗，强盗就把她抓了起来。

两个女儿等到天黑也不见母亲回来，就结伴去母亲干活的地里找，一路上她们问了很多村民有没有看到她们的母亲，大家都回答没有看到。两个女儿又着急，又害怕。

这时，那只鸽子飞了过来，告诉姐妹俩她们的母亲被强盗抓走了，并且已帮两个女儿求得了很多村民的帮助，救回了她们的母亲。母女三人终于团聚了。

愚蠢的主意

鬣狗生性贪婪，一天，他收到两份请柬，都是邀请他参加宴会的，而且时间正好撞在了一起。鬣狗很喜欢去各种宴会，因为宴会上总会有牛肉吃，他一想到鲜美的牛肉，就馋得口水直流。

举办宴会的两个地方南北相距甚远，选择其中一个地方，就绝对赶不上去另外一个地方。鬣狗左思右想，非常苦恼。他灵光一闪，想到了一个好办法，高兴地从床上跳了起来。

他匆匆忙忙地走出家门，站在家门口的马路上。这条马路通向两个宴会的地方，鬣狗一条腿向南走，一条腿向北走，他以为这样就可以同时去两个宴会，可紧接着，他就摔在了地上。

路过的人见他这个样子，就问他是怎么回事，鬣狗如实地回答了。大家哈哈大笑，嘲笑他竟然想出这种愚蠢的主意。最后，鬣狗不仅没有参加上任何一场宴会，还因为摔坏了腿，只能在家待着，很久都出不了门。

南瓜与骏马

从前，有个农民很勤劳，他勤勤恳恳地耕耘，收获了一个巨大的南瓜，很是罕见。于是，他把南瓜献给了国王以表达自己的心意。国王也没见过这么大的南瓜，他很高兴，于是赏给农民一匹骏马。

很快，国王赏给农民骏马的这个消息就传遍了全城。地主听说了这个消息，心想：国王只收到了一个大南瓜，就奖励给农民一匹骏马，那么如果我奉献给他一匹好马，他又会回赠给我什么好东西呢？

于是，地主从自己的马厩里选了一批最好的骏马献给国王。国王谢过了地主，对仆人说："既然他赠送给我这么好的骏马，为了感谢他，你去把农民送给我的南瓜拿来，转赠给他吧。"地主看着国王送给自己的南瓜，哭笑不得，完全没了办法。

国王与渔夫

一位国王和大臣在海边散步，海风呼呼地吹，海浪滔天。国王看到一个渔夫，看样子是准备出海，就说："渔夫，四个加上四个，难不成不够你用？"

"不够我用。"

在回去的路上，国王问大臣："你明白我刚刚问那个渔夫的话是什么意思吗？"

"不明白。"

"作为一个大臣，你却连我和渔夫说的话都听不懂，我对你实在是太失望了。"

大臣满心惭愧，心里暗想：这可如何是好？大臣决定去找渔夫问明白。几天后，大臣叫来渔夫问道："我想问问你，那天你和国王在海边的谈话是什么意思？"渔夫说："大人，我也不知道，当时我只是随口一答。"

大臣说："如果你能告诉我，我就赏给你200个金币。"

"可是大人，我真的不知道国王那些话是什么意思。"

"那么我赏你500个金币。"

"我真的不明白，大人。"

"我把我的土地都给你，你给我解释一下。"

"可是大人，我确实不知道该如何向您解释。"

"我把我的住宅赏给你，这下总行了吧？"

"好吧，"渔夫终于同意了，"国王对我说，四个加上四个还不够吗？国王的意思是说，一年里有四个月刮小风，还有四个月是风平浪静的，难道这八个月间你捕鱼的收入还不够用吗？我就回答了，不够用。"

大臣终于弄明白了，便来求见国王，说："国王，我明白您当时和渔夫谈话的意思了。"

"那你给我讲讲吧。"

大臣就把渔夫讲给他的话又对国王讲了一遍。

国王说："是你自己弄明白的吗？"

大臣说："是的，是我自己想明白的。"

国王非常高兴，就赏赐给大臣很多财宝。但是没过几天，国王听说渔夫住到了大臣的住宅中，他很纳闷，就把渔夫叫来问道："你为什么住进了大臣的住宅？"渔夫就把大臣来找他的事向国王讲了一遍。

国王知道大臣骗了他，大发雷霆，命人把大臣叫来，对他说："你骗我说是你自己懂得了那些话的意思，你这样的品德是不够资格当大臣的。现在，就让渔夫来取代你的职务吧。"

穷人阿格邦

从前，有一个很穷的人叫阿格邦，他缺吃少穿，住在一个洞穴里，每天靠树叶填肚子。他瘦得皮包骨头，气息微弱，但他仍努力耕作，相信早晚会有收获，他的内心依旧充满希望。

有另外一个穷人，他觉得自己会一直贫穷下去，十分绝望，失魂落魄地四处游荡。他用最后的一点儿钱买了一个米糕，又爬到一棵大树上，想到自己困顿的生活，不免伤心起来。他拿出米糕吃起来，吃完把包米糕的叶子扔到树下，树下正是阿格邦住的那个洞穴。阿格邦看到叶子，连忙捡起来，把叶子嚼碎吃了。

树上的那个穷人看见了，便和阿格邦聊天，并把自己艰苦的生存状态告诉了他。阿格邦说："我住在这个洞穴已经很久了，只能吃树叶度日。即使这样我也能活下去，你年轻力壮，又怎么会活不下去呢？"

穷人听了阿格邦的话，觉得很有道理，他振奋起精神，和阿格邦告别。走了没多远，他碰到了一群人，他们的国王死了，没有合适的继承人，想找一个外国人来做他们的国王。

"你是谁？"他们问。

"我是一个外国人。"

这群人非常高兴，感觉找到了合适的人，便把他带回了城堡，请他做国王。

这样过去了七年，国王已经忘了自己曾经是个穷人，现在他拥有一切，想吃什么就有什么。这天，他拿起一块米糕，突然想起了当年鼓励自己好好活下去的阿格邦，便让自己的手下把阿格邦找回来。手下来到那个洞穴，找到了阿格邦，把他带到国王的面前。阿格邦并没有认出国王就是曾经在树上的那个穷人。国王说："七年前，我是个穷光蛋，是你鼓励了我。"这时候阿格邦才记起了他。国王请阿格邦吃了很多好吃的，并邀请他住在王宫里。

　　阿格邦却说："我帮助你不是为了赏赐。每个人都应该为自己的生活而努力。虽然我现在依然很穷，但我一定能靠自己活得更好。所以，谢谢。再见了。"

坏脾气的鳄鱼

在非洲大草原上，旱季久旱无雨，河流干涸，草也枯了，动物们饥渴交加。

有一处神奇的绿洲，那里长着一棵杧果树。鳄鱼守在杧果树下，吃着多汁的杧果，一旦有谁靠近杧果树，他就龇牙咧嘴吓唬他们，动物们很害怕他。

"我们都好久没吃东西了，再这样下去我们会渴死或饿死，总要想办法啊。现在只有绿洲那里有吃的，但鳄鱼守在那里，他那么凶悍，一个杧果都不给我们。"

这时，猴子说："我倒有个办法，不过需要你们配合我。"

大家表示同意，他们愿意听从猴子的安排。猴子让动物们搬来了很多空树干，并把空树干排成一

75

排。猴子说："能发出较大声音的朋友们，只要我一举起胳膊，你们就冲着空树干大声喊叫。能飞上天空的朋友们，你们现在到杧果树附近的树顶上去，当我用两只手挠头的时候，你们就拍打翅膀，上蹦下跳。"猴子吩咐完动物们，又去找织草鸟，他请织草鸟编了一根又长又粗的绳子。

猴子来到杧果树前，对鳄鱼说："鳄鱼，你快想想办法吧，马上就要起狂风了。"

鳄鱼轻蔑地看了猴子一眼，说："我可不怕什么狂风。"猴子便用双手挠了挠头，这时所有树上的鸟类都开始拍打翅膀，上蹦下跳起来。

猴子说："你看看，树都被风吹动了，快想办法吧。"

鳄鱼还是不信："我告诉过你，没什么东西能把我吹跑。"

这时猴子举起了胳膊，草原上的鬣狗、豺狼，还有所有能发出较大声音的动物都对着空树干大声嚎叫起来。鳄鱼听到，以为是风声，十分害怕，对

猴子说："狂风真要来了！这样吧，你把我绑在树上吧，越紧越好。"于是，猴子用织草鸟编的那根大绳子把鳄鱼牢牢地绑在了树上。就这样，鳄鱼动弹不得了。

这个时候，猴子叫来了其他动物，大家都来到杧果树下，吃起了杧果。

蜥蜴的尾巴

乌龟买了一袋玉米,他背着玉米走在回家的路上。半路上,一个树干挡在了他的前面,他没有办法背着玉米从树干上爬过去,所以他决定先把玉米扔过去,然后自己再慢慢地爬过去。乌龟刚刚把玉米袋子扔过去,就听到那边有一个声音大声喊道:"天哪,这是什么好运气呀?天上竟然掉下了玉米!"

乌龟听了,赶紧爬过去,他看到一只蜥蜴正紧紧地抱着他的玉米袋子。乌龟对蜥蜴说:"这袋玉米是我买的。"蜥蜴却说:"这明明是上天赐给我的玉米,怎么能是你的呢?"说完他就跑了。

乌龟没有蜥蜴跑得快,只能眼睁睁地看着蜥蜴把玉米背走了。

第二天,乌龟决定向蜥蜴讨要自己的玉米。他看到蜥蜴钻进洞里，只留了一个尾巴露在洞外面。乌龟上前抓住了蜥蜴的尾巴，然后使劲地把蜥蜴的尾巴拽掉，拿回家去了。

蜥蜴没了尾巴很生气，便去找村长抱怨说："乌龟把我的尾巴拽掉了，请您一定要狠狠地惩罚他。"

村长把乌龟找来，问他："是你拽掉了蜥蜴的尾巴吗？"乌龟说："村长大人，我并没有拽蜥蜴的尾巴呀。我只不过看到洞外面有一条尾巴而已，所以我就把尾巴带回家去了。我并不知道这就是蜥蜴的尾巴呀。"

"可是那正是我的尾巴呀！"蜥蜴大喊着。

乌龟回答："蜥蜴，你想想你之前做的事情，你看到了我的玉米，却说是你先发现的玉米，并占为己有。那么，我今天看见了你的尾巴，我也觉得这是我先发现的尾巴呀。现在，这条尾巴不正应该归我所有吗？这样，我们就谁也不欠谁的了。"

兔子的手下

一天，动物们围坐在一棵大树下，热烈地讨论着事情。一只兔子恰好经过这里，好奇地上前问道："你们聚在这里做什么？"其中一个动物回答："我们聚在这里等着我们的领导大象过来开会呢！"

兔子一听，哈哈大笑道："我以为是谁呢，原来是大象！你们知道吗？大象就是我的手下。我总是坐在他的背上四处巡视，我想去哪儿，他就得带我去哪儿！"动物们听了，面面相觑，惊讶极了，问道："大象的体积可是你的好多倍呢，他怎么可能是你的手下？"

"我的体积虽不如大象，但是他却很听我的话！"兔子说，"你们散会吧，大象并没有解决问题的能力。"一些动物相信了兔子的话，就离开了，但还有几个动物半信半疑，留在了原地。

不久，大象过来了。整个会场冷冷清清，和往常大不相同。大象感到很纳闷，就问留下来的动物们："大家都去哪儿了？"

留下的几个动物说："刚才有只兔子对我们说，你是他的手下，我们没必要听你的话。"大象气得火冒三丈，愤怒地说："这只兔子就是一个骗子，竟然敢这样侮辱我，我一定要找他算账！"

这个时候，兔子已经回到了家中。羚羊来到兔子的家里，跟兔子说："兔子，大象已经在来你家的路上了，他要教训教训你。"

不一会儿，大象到了，他对兔子说："你这个无耻之徒，给我出来！"

兔子装着生病的样子，对大象说："哎呀，大象，实在对不起，我的胸口非常痛，我生病了。"

"我不管你是不是生病，你必须跟我去解释清楚，让大家知道你是一个骗子，我根本就不是你的手下。"

兔子说："好的，好的，我可以和你去。但是，我已经走不动了。"

大象说："你走不动我就背你过去。"

兔子让妻子为自己换上了新衣服和新鞋，大象蹲在地上，让兔子爬到了自己的背上。兔子又对妻子说："你快去给我拿把伞来，外面太热了，会把我晒中暑的。"

就这样，大象背着兔子朝会场走去。一路上，兔子坐在大象背上，昂首挺胸，露出得意的笑容。在场的动物们看到兔子坐在大象背上，纷纷说道："天哪，兔子说的都是真的，大象真的是他的手下！"

大象走到大家面前停了下来，兔子一下跳到地上，对动物们说："你们看到了吗？我可没有骗你们，大象是我的手下，我让他背我到哪里，他就背我到哪里。"

在场的动物们都说："我们相信你。"

大象这才意识到自己被骗了，他恼羞成怒，但又百口莫辩，只能气呼呼地离开了。

蜂鸟和蜜蜂

从前，蜂鸟和蜜蜂是一对相亲相爱的好邻居，两家常常互相帮忙。

一次，蜜蜂的儿子生了一场重病，为了治好儿子的病，蜜蜂来到森林医生的家里。医生对蜜蜂说："我可以治好你儿子的病，但代价是你要送给我一根美丽的鸟的羽毛。"

蜜蜂答应了这个要求。回到家后，蜜蜂向自己的好邻居蜂鸟寻求帮助，希望蜂鸟可以送给他一根羽毛。蜂鸟听了，二话不说就拔了一根羽毛送给蜜蜂。蜜蜂将蜂鸟的羽毛拿给医生，医生开了一个药方，蜜蜂的儿子按照药方吃药，很快就痊愈了。

不久之后，蜂鸟的孩子从树上掉了下来，蜂鸟也跑到医生那里去寻找治病的良方。这一次医生对蜂鸟说："要想治好你孩子的病也不难，但是你要给我一罐蜂蜜。"于是，蜂鸟满怀希望地赶到蜜蜂的家中，对蜜蜂说："好邻居，你能不能给我一罐蜂蜜呀？"蜜蜂听说了蜂鸟的请求，就想：自己用了很长时间才攒下两罐蜂蜜，如果给蜂鸟一罐，岂不是白费了一半的工夫。他舍不得自己的蜂蜜，就拒绝了蜂鸟的请求。

蜂鸟非常失望，只好再次去求医生，希望他能帮助自己。没想到，还没等蜂鸟开口，医生就说："我早就开好了治好你孩子病的药方，提出要求，只是想让你认清谁才是真正的朋友。"很快，蜂鸟的孩子就痊愈了。

忘恩负义的鳄鱼

一天，鳄鱼迷了路，急得不知道该怎么办。这时，一个小女孩路过，鳄鱼对小女孩说，自己迷了路，希望她能把自己带回家。

听了鳄鱼的话，小女孩说："我是不会帮助你的，因为你一到家就会吃了我。"

鳄鱼发誓说，自己绝不会忘恩负义，如果小女孩不相信他，就把他的手脚都捆起来吧。

于是，小女孩把鳄鱼的手脚都捆起来，接着送他到河边。到河边后，小女孩给鳄鱼的手脚松绑，正准备离开时，鳄鱼就大叫着说："我要吃掉你！"

小女孩又害怕又惊讶，说："你发誓不会吃我的！"

鳄鱼说："我不记得我说过这样的话。"

小女孩说："这样吧，我们请狐狸来做一个评判，看看你这样做到底对不对。"

小女孩和鳄鱼找来了狐狸。狐狸听完小女孩的话，说："我不相信，你这样一个小女孩，怎么能把鳄鱼送到河边呢？"

"很简单，我把他的手和脚都绑了起来。"小女孩回答。

狐狸说："我不相信，除非你再把他绑起来给我看看。"

小女孩找来了一些绳子，再一次把鳄鱼的四肢绑了起来。

"然后你又做了什么呀？"狐狸问她。

"然后我拉着他走，把他拉到了河边。"

狐狸说："很好，小女孩。现在，你可以把鳄鱼拉回他迷路的地方，然后回家了。既然鳄鱼不知感恩，你也不必帮助他。"

鳄鱼和猴子

鳄鱼和猴子曾经是一对好朋友，他们同吃同住，十分亲密。某天，他们的食物所剩无几了，于是两人准备出门寻找食物。

猴子告诉鳄鱼，附近的村子里有很多美味的食物。于是，他们就向附近的村子出发了。

一路上，猴子蹦蹦跳跳个不停，不是跳上鳄鱼的后背，就是趴在鳄鱼的尾巴上。鳄鱼又疲又累，但他不好意思制止猴子的行为。

走了很久很久，他们终于到了那个村子，村子里有很多的果树。此时鳄鱼又累又饿，他对猴子说："咱们快歇一歇吧，我已经走不动了，必须吃点儿东西了。"

猴子说："这里有很多水果，我们可以吃一点儿。"

鳄鱼看到前面不远的地方有一棵果树，就对猴子说："你看看那是什么？"猴子顺着鳄鱼指的方向看去，看到了一棵长着很多果子的果树。他对鳄鱼说："太好了，我们终于有吃的了。你在这里等着，我去给你摘果子。"

鳄鱼趴在路边等着，猴子的动作十分灵活，没用多长时间就爬上了果树。猴子坐在果树上，迫不及待地摘下果子吃起来。而此刻鳄鱼正等着猴子把果子扔下来，可他等了很久也没有见到猴子扔下来的果子。

又过了一会儿，猴子打着饱嗝从树上跳了下来，他对鳄鱼说："咱们还是走吧，这棵树上的果子一点儿都不好吃，而且长满了虫子。"鳄鱼明白猴子在对自己撒谎，就对猴子说："好吧，让我来试试吧。"鳄鱼撞向果树，他想把果树上的果子震下来。可是，就在有几颗果子即将被撞下枝头的时候，猴子却又爬上树去，把那几颗果子摘下来，放进嘴里，大吃起来。

鳄鱼很生气，可他又拿灵活的猴子没有办法。

鳄鱼喊道："我永远都不会原谅你！不过你也别得意，从今天开始，只要我在，你就别想到河边来喝水！"

不能照镜子的孩子

从前有一对夫妻很渴望能拥有一个自己的孩子，但一直不能如愿。一天，妻子又提起没有孩子的事情，她郁闷地说："为什么我们没有一个自己的孩子？如果我们能有一个孩子，哪怕工作辛苦，心里也是愉悦的。"

丈夫一听，宽慰她说："只要我们过得开心幸福，哪怕没有孩子也不要紧。"

但妻子还是不高兴，她一刻不停地抱怨着，希望上天能给自己送来一个孩子。

某天夜里，妻子做了一个梦，她梦见自己正在湖边洗衣服。这时，一个老太太走过来对她说："我听说你抱怨自己没有孩子，想拥有一个孩子。如果你真的有了孩子，你会对孩子好吗？"

"当然会了。"

"这样的话我可以帮助你。我会给你一个孩子，但是你一定要注意，不能让这个孩子照镜子。如果照了镜子，这个孩子就会立刻从你的生活中消失。"

第二天，妻子起床后，惊喜地发现，在自己的床上，居然真的睡着一个可爱的小女孩，她胖胖的，看起来很健康。当天晚上，妻子又做了那个梦，老太太对她说："我送给你一个漂亮的女孩，可是，现在，你还不能让外人看见她，而且她也不能离开这个屋子。"妻子听从了老太太的吩咐，整天待在家里看着孩子。

过了一段时间，妻子又做了一个梦，那个老太太对她说："现在你的孩子可以出门了，不过你要特别注意，不能让她照镜子，甚至看玻璃也不可以。"

妻子带着孩子出门了，大家看到小女孩的时候都交口称赞："这个女孩真漂亮呀！"夫妻俩把女孩打扮得漂漂亮亮，把所有的好东西都留给她吃。女孩长大些之后，他们还把她带到田地里，教她如何劳动。

就这样，一段平静的日子过去了。

有一天早上，夫妻俩离开房间的时候，忘记了带走行李箱的钥匙。小女孩对这个平时不让自己看的箱子很好奇，便打开了行李箱。小女孩翻着行李箱里的东西，突然，她看到了一面镜子。她把镜子拿了起来，可紧接着，她就消失了。

晚上，夫妻俩从外面回来了，他们到处也找不到女儿。直到看见房间里的行李箱和镜子，他们才意识到，女儿因照镜子而消失了。想到自己没能坚守住当初的诺言，他们不禁放声痛哭起来。

聪明的阿布纳瓦

在很久以前，有一个聪明人，名叫阿布纳瓦。一天，阿布纳瓦来到王宫应征一个职位。阿布纳瓦高大健硕，于是国王让他负责看守王宫的大门。

一次，国王要出宫办事，他吩咐阿布纳瓦要守好宫门。国王走后，阿布纳瓦就守在王宫的大门口，一动也不动。没过多久，他感到很无聊，想找点儿事情做。这时城里传来了一阵美妙动听的音乐，原来有人正在唱歌跳舞，好不热闹。阿布纳瓦想：国王让我守好宫门，但没有禁止我跳舞啊。他将宫门拆下来，背着它去到了城里。在城里，他跟随人群又唱又跳，一直玩到第二天早上才回到王宫。

但是，阿布纳瓦没有想到，小偷们趁着他不在的时候，到王宫里偷走了许多东西。国王很生气，他质问阿布纳瓦："你为什么不好好看守王宫？"

阿布纳瓦回答："您让我看门，我可是一直看着它呢。您可没说要看王宫啊！"

国王非常生气，他叫人把阿布纳瓦埋起来。国王的手下在王宫外面挖了个坑，把阿布纳瓦推进坑里，填上土，只把他的头露在外面，随后他们就走了。阿布纳瓦被埋在坑里，一动也不能动。天亮了，一个驼背商人牵着一队骆驼走过来，他看见阿布纳瓦，觉得很奇怪，就停下来问他："你在里面干什么？"

阿布纳瓦回答："我是个驼背，这样做可以把我的身体拉直。"

商人说："我也是个驼背，我也想像你一样把身体拉直，只要你能帮我，你要什么我给你什么。"

阿布纳瓦向商人索要了骆驼，并让商人把自己挖出来。商人先把阿布纳瓦挖了出来，然后自己跳了下去。阿布纳瓦把商人埋进了土里，只剩头露在外面。

"我永远不会忘记你的恩情。"商人说。

阿布纳瓦笑了笑，牵走了商人所有的骆驼。

过了一会儿，国王的手下来了，他们没有发现土里已经换了人，就把商人挖了出来，还用木棒打他。商人被打得很疼，大声喊道："别打了，我的背已经直了！"

手下听了商人的话，觉得莫名其妙，就把他带到了国王面前。国王没有见过商人，问："你是谁？"商人便向国王讲了事情的经过。

"这个阿布纳瓦，还真是聪明！不过，我倒要看看他究竟有多聪明。"

国王命令手下："你们立刻去把阿布纳瓦找来，并对他说，我要见他，但是他来的时候，既不能光着身子，也不能穿衣服；既不能步行，也不能骑马。"

国王的手下找到了阿布纳瓦，向他转达了国王的命令。大家听说阿布纳瓦就要回来了，都聚集在王宫门口，想看看这次阿布纳瓦会怎样应对。

阿布纳瓦出现了。"他来了！"有人叫了起来。

等大家看清了阿布纳瓦的模样，都不禁大笑起来。只见阿布纳瓦没穿衣服，却在身上围了一张渔网，他一只脚踩在马镫上，另一只脚踩在地上，马往前走一步，他就向前跳一步。

国王对阿布纳瓦说："阿布纳瓦，你虽然聪明，但你做的事情却让人非常讨厌。我今天饶过你，但是从此以后我再也不想看见你的脸！"

阿布纳瓦走了。

过了几天，国王骑着马来到大街上，每个人看见国王，都对他鞠躬，只有一个人始终背对着国王。国王很生气，命令手下："把那个背对着我的人带来！"这个人正是阿布纳瓦！

"阿布纳瓦，原来是你！你竟敢背对着我！"

"国王，我是在听从您的命令啊！您说再也不想看见我的脸，所以我只能用后背对着您了。"

"你这个无礼的人！我命令你马上离开这里！你要是敢再踏上这片土地，我绝饶不了你！"阿布纳瓦走了。

　　一天，城里庆祝节日，国王骑着马上街，又一次看到了阿布纳瓦。

　　"大家都看好了，看来今天我不得不惩罚一个人了。"他转头对阿布纳瓦说，"我说过什么，你是不是忘了？"

　　"国王，我并没有忘记。"阿布纳瓦说，"你命令我不许再踏上这片土地。"

　　"那你怎么还在这里？"

　　"我之前确实离开了这里，去了别的国家，把那里的泥土放进了我的鞋子，现在，我脚下是别国的土地，而不是这片土地。"

老者的考验

很久以前，有一个人有两个女儿，他的妻子很喜欢大女儿，却对小女儿非打即骂。

一次，妻子让两个女儿去河边打水。她给了大女儿一个水桶，却给了小女儿一个筛子。大女儿很快就提着满满一桶水回家了，而小女儿拼尽全力也没能用筛子打到水。一不小心，筛子从小女儿的手上滑落到河里。小女儿十分害怕妈妈会责骂她，便追着河水去捞筛子。追着追着，她看见了一位老者。小女儿问老者能否帮她捞筛子。

"我可以帮你捞筛子，但是你必须先为我做事。你要帮我洗衣服、剃头、刮胡子。"老者说。

可怜的小姑娘就帮老者洗衣服、剃头、刮胡子。这些都做完后，老者对她说："你往那边走，那里有个房子，你边敲门边喊'福丽莎！我来找你了。'"

小姑娘听了他的话，就走过去敲门，边敲边喊："福丽莎！我来找你了。"

福丽莎问道："你想从大门进来，还是从洞口进来？"

小姑娘说："您是主人，我是客人。我听您的，从哪里进都可以！"

福丽莎让她从大门进来，又问她："你要坐在丝绸垫子上呢，还是坐在针毡上？"

"您是主人，我是客人。我听您的！"

福丽莎就让她坐在丝绸垫子上，又问："你想吃什么呢？青菜还是羊肉？"

"您是主人，我是客人。我听您的！"

福丽莎做了羊肉给她吃，然后又问："你想喝汤，还是想吃面包？"

"您是主人，我是客人。我听您的！"福丽莎便给了她面包。

第二天早上，福丽莎对小姑娘说："我要带你去一间屋子,你想去有石头的那间还是有金子的那间呢?"

"您是主人,我是客人。我听您的!"小姑娘依然这样回答。

福丽莎带她走进一个房间,里面有许多金子。她装了满满一口袋金子送给小姑娘,然后又问:"你想从大门出去还是从洞口出去?"

"您是主人,我是客人。我听您的!"

于是,福丽莎打开门让她出去。小姑娘回到家中,把带回来的金子交给了父亲。她的妈妈也想让大女儿去拿金子,便又让她们去打水。这一次,她把筛子给了大女儿。

大女儿打了半天,也没打上来水,就生气地把筛子扔到河里。筛子随着河水流走,她沿着河岸跑,想把筛子捞上来。她也遇见了那个老者,可是老者让她做那些事的时候,她不但不做,还狠狠地骂了回去。最后,她来到福丽莎的门前,开始敲门。

福丽莎问她:"你想从大门里进来还是从洞口

进来？”

“哼，像我这样的大小姐，当然从大门进。”大女儿回答。可是福丽莎却让她从洞口进来。

“你要坐丝绸垫子还是坐针毡？”

“哼，像我这样的大小姐，当然坐丝绸垫子。”

福丽莎就让她坐在针毡上。接下来，她要吃羊肉，福丽莎就给她青菜；她要吃面包，福丽莎就给她喝汤。

第二天早上，大女儿要到那间有金子的屋子里去，福丽莎却把她推进有石头的那间屋子，最后还用袋子装了一堆石头，让她从洞口钻出去。

大女儿回到家，把袋子交给妈妈。她们把袋子打开，看着里面毫无用处的碎石头，既生气又无可奈何。

猴子和鳄鱼

一条鳄鱼潜伏在大河中，他的目光紧紧锁定着一只在枝头翻腾跳跃的猴子，他在等待时机，等着将不慎掉进河的猴子吞入腹中。

突然，猴子所在的那根树枝断了，他从枝头跌落，正好掉在一截浮木上。鳄鱼立刻游过去，同时还召集了几个同伴，一起将浮木推到附近的小岛上。猴子远远望见小岛上的树木，以为那边是对岸，高兴极了，对着鳄鱼大叫道："鳄鱼，你以为到了岸上你还抓得到我吗？"

鳄鱼对他说："你这只猴子，你以为得救了吗？你睁开眼睛看看，这是一个岛，这个岛属于我的家族。我有成千上万的兄弟，我们有的是时间，抓住你简直易如反掌。"

猴子说：“谁都知道你们鳄鱼马上就要灭绝了，还成千上万，真是笑话！”

鳄鱼听到猴子说自己的家族就要灭绝，感到自尊心受到了伤害，他对猴子保证，自己确实有成千上万的兄弟。

“那好，你现在就把你的家族成员都召集过来，我这就下来点数。不过，你得保证在我数完之前不能伤害我。如果你召集不来一万条鳄鱼的话，你就马上让我安全离开这里！”

鳄鱼确信自己的家族有过万的成员，他毫不犹豫地接受了猴子的条件，他觉得趁着这个机会正好和自己的家族团聚一下。

于是，鳄鱼派出了一些小鳄鱼去把家族成员全部召集到这个岛的周围来。过了许久，来了无数条鳄鱼，放眼望去黑压压一片。鳄鱼对猴子喊道：“猴子，你赶紧数一数，看看我的家族成员到底有多少！”

猴子从浮木上下来，说：“这么看来，你的家族成员还真不少，可是他们也太没有规矩了。你看看，他们一个个不停地移动，也没有队形，这叫我怎么来数呢？"

鳄鱼让他的家族成员不要乱动。

猴子说："你先让他们一个挨一个排好队，我从一条鳄鱼的背上跳到另一条鳄鱼的背上，这样，我就能准确地查出数量了。"

鳄鱼让自己的家族成员一字排开，猴子就从一条鳄鱼的背上跳到另一条鳄鱼的背上，一边跳一边数数："一、二、三、四……"当猴子数到第三十条鳄鱼时，他已经到了岛的岸边。猴子继续往前跳个不停，转眼间，他已经快到河岸了。鳄鱼这才明白自己被猴子捉弄了，可是已经来不及了。鳄鱼大声喊道："快抓住他，不要让他跑掉了！"

但是，排在最后的是一只老鳄鱼，等他反应过来时，猴子已经逃到岸上去了。

猪和野猪叔叔

传说，曾经，猪和自己的叔叔野猪生活在一个巨大的树洞里，他们每天以丛林中的水果和根茎为食，吃饱了就躺在树洞里睡午觉。而休闲的下午时光，他们总是在池水里度过。他们过着舒服又自在的生活。野猪叔叔非常喜欢户外的生活，他拥有异常尖锐的牙齿，这能让他打赢很多动物。

可是猪却十分懒惰，他渐渐厌倦了丛林的生活，再也不愿意出去觅食了，总是和野猪叔叔抱怨："我不想再住在树洞里了，我要去村子里，和人类一起生活。"

"你真的是疯了，"野猪叔叔回答，"人类有什么好的，他们住的屋子都是茅草盖的，哪里有咱们的树洞舒服。而且，他们一看见你，肯定会把你抓

起来。"

"我一定要走，我再也不想日复一日地吃这些水果和根茎了！"

"你再好好想一想，我们现在的生活多么自由自在啊，你走了一定会后悔的。"

猪并没有听野猪叔叔的话，他向往住在人类的茅草屋，吃上人们做的热腾腾的饭菜，第二天一早就离开了丛林。猪走了很远的路，才走到一个人类居住的村子。村里的孩子见到猪后，急忙跑去通知大人。过了一会儿，来了一大群男人，他们拿着棍棒，轻而易举地抓住了猪，并把他关在一个带围栏的院子里面。

从那时起，猪就一直住在那里。那里也就是我们今天说的猪圈。他每天吃着人类的剩饭剩菜，每天以泪洗面，他的心中充满了悔恨：当初我应该听从叔叔的劝告，都是由于我太过固执，才落得了今天这样一个下场。

羚羊和大树

很久以前，羚羊特罗生活在大草原上。他有着高大的身躯和长长的角，很容易被猛兽和猎人发现。为了躲避猎杀，他常常四处逃窜。

有一天，特罗被猎人追捕，跑了很长很长的路，最后他实在跑不动了，就靠着一棵大树休息。

"哎呀，我可真是命苦，每天都必须东躲西藏。"特罗忍不住对大树诉苦。

这棵大树名叫科佐，心地十分善良，就说："以后你再遇到危险，就赶紧躲到我的枝叶中来吧。你看，我的枝叶又宽又密，我把枝干一直垂到地面，然后用浓密的枝叶把你隐藏起来，这样猛兽和猎人就找不到你了。"

特罗听了非常高兴，和科佐成了最好的朋友。

他经常躲进科佐茂密的枝叶中，在朋友的保护下安心地睡觉。

有一天，特罗又靠在大树科佐身上休息。不一会儿，他感到有些饿了，又懒得出去找吃的，就开始吃起科佐身上的树叶来。

科佐气得大叫道："我用自己的身体来保护你，你就是这么报答我的吗？"

科佐茂密的树叶鲜嫩可口，特罗越吃越想吃，他自言自语着："眼前就有美味的食物，我以前还冒着生命危险四处找吃的，真是太傻了！"从此，他每天以科佐的枝叶为食。不久，他就把自己能够得着的枝叶啃得一干二净。

没过几天，一只狮子来到这里，一眼就看到在光秃秃的树枝间睡觉的特罗。很显然，特罗在劫难逃了。

兔子角

有一天，大象举行酒会，邀请动物们到他家中喝酒。他对野兽们说："我的酒只分给头上有角的动物，没有角的不能喝！"

动物们都害怕大象，自然不敢违抗他的命令。兔子明明没有角，却想喝到大象的美酒。"怎么才能喝到大象的酒呢？"兔子一直琢磨着这件事情。后来，他终于想到了一个好办法：既然没有角，可以去借嘛。

就这样，兔子找到了雄鹿，向他借到了雄鹿刚刚换下的角，并粘到自己的头上。兔子有角了，大摇大摆地去大象家喝酒。

大象看到兔子的角，说："兔子的角太漂亮了，就让他给我们倒酒吧！"

　　大象发话了，其他有角的动物也纷纷称赞兔子的角。兔子负责倒酒，每次都给自己倒得最多，结果喝醉了。这时，一只老鹿来了，兔子害怕自己的把戏被老鹿识破，就故意说："你来这么晚，难道是去借角了吗？"

　　老鹿起初不想揭穿兔子，就贴着兔子的耳朵小声说："喂，小心点儿，你粘在头上的角要掉下来了！"

　　大家看老鹿和兔子在说悄悄话，就问他俩在聊什么。兔子大笑着说："老鹿喝多了，在说醉话呢，你们别管他。"

　　老鹿突然大声喊道："兔子，我是说你粘在头上的角要掉下来了！"

　　兔子吓了一跳，猛地一蹦，头上的鹿角真的掉了下来。他一看露馅了，害怕大象责罚，吓得撒腿就跑了。

我的读书笔记

内容概要

本书收录了众多非洲经典民间故事,这些故事情节紧凑、通俗易懂,具有较强的文学和艺术价值,十分适合广大少年儿童阅读。

日积月累

五颜六色 狼吞虎咽 情不自禁 身强体壮 恍然大悟
逃之夭夭 亲密无间 畅所欲言 左思右想 面面相觑

佳句欣赏

草原上每一族的人民都派了一支部队,跟着松迪亚塔一起前往尼亚尼城。当松迪亚塔和他的队伍到达曼丁的时候,曼丁人举行了空前的欢迎仪式。在人们的赞美声中,大军终于抵达了尼亚尼城。

动物们都去找村长反映这件事,村长便派出一些得力干将查找原因。每到晚上，那些身强体壮的动物就全副武装，四处巡查。

这个陷阱是附近的村民设下的，非常隐蔽，上面铺着厚厚的树叶，不仔细瞧，根本看不出异样。

我帮助你不是为了赏赐。每个人都应该为自己的生活而努力。虽然我现在依然很穷，但我一定能靠自己活得更好。

野猪叔叔非常喜欢户外的生活，他拥有异常尖锐的牙齿，这能让他打赢很多动物。

人物分析

《曼丁之狮》

松迪亚塔：父亲去世后，松迪亚塔和母亲被赶出了自己的国家，流亡在外。他没有被困难击垮，在自己的国家遇到危难时，他组织大军抗击敌人，最终取得了战争的胜利。

《会飞的乌龟》

乌龟：乌龟自私自利，贪婪好吃。他在小鸟们的帮助下，才得以参加老鹰的宴会，却不顾及小鸟们的感受，独自享用美食，最终受到了惩罚。

《猴子和鳄鱼》

猴子：猴子虽然力量弱小，但是非常聪明。他被一群鳄鱼包围在一个小岛上，眼看就要被吃掉了。但是他没有慌张，而是利用鳄鱼的好胜心，从容地从一群鳄鱼中逃脱。

《羚羊和大树》

羚羊：为了躲避猎杀，羚羊四处逃窜，是大树无私地帮助了他。可是，他不知道感恩，不但不报答大树，还不停地吃大树的叶子，最终也失去了大树的保护。

读《非洲民间故事 曼丁之狮》有感

　　我最近读了一本叫作《非洲民间故事 曼丁之狮》的好书，它像是一只取之不尽的宝匣，每每打开，都能有新的收获。

　　最使我印象深刻的一个故事是《曼丁之狮》。故事中，曼丁之狮松迪亚塔是个一心为民、敢于战胜入侵之敌的民族英雄。原本，松迪亚塔是曼丁国的继承人，但王后萨苏玛违背国王的遗愿，立她自己的儿子为王。后来，松迪亚塔不堪受辱，逃往国外，曼丁国也被外敌占领。成年后的松迪亚塔文武双全，他联合许多国家，打败索索国，夺回了自己的王位，让百姓过上了安居乐业的生活。

　　书中还有许多故事的主人公都像松迪亚塔一样，在面对强大的敌人时，他们勇敢积极地去面对，用智慧去解决问题、克服困难，而不是选择逃避。

　　这本书告诉我很多做人的道理。它不但给了我知识和智慧，还给了我力量和勇气。